¿Esto es un monstruo?

por SCARLETT LOVELL
y
DIANE SNOWBALL

Traducido por Martha González-Prats

Photograph Credits Frans Lanting/Minden Pictures: front cover, pp. 9, 10; Mantis W. F./ O.S.F./© Animals Animals: pp. 3, 4; W. Gregory Brown/© Animals Animals: p. 5; Mickey Gibson/© Animals Animals: p. 6; Michael Fogden/© Animals Animals: p. 7; Patti Murray/© Animals Animals: p. 8; Rod Williams/Bruce Coleman, Inc.: pp. 11, 21; Michael Townsend/Tony Stone Images: p. 12; Larry West/Bruce Coleman, Inc.: p. 13; J & L Waldman/Bruce Coleman, Inc.: p. 14; Steve Solum/Bruce Coleman, Inc.: p. 15; Joe McDonald/Bruce Coleman, Inc.: p. 16; E. R. Degginger/Bruce Coleman, Inc.: pp. 17, 20; Kim Taylor/Bruce Coleman, Inc.: p. 18; Wolfgang Bayer/Bruce Coleman, Inc.: p. 19; Zigmund Leszczynski/© Animals Animals: p. 22.

For information contact:
MONDO Publishing
One Plaza Road
Greenvale, New York 11548
Visit our web site at http://www.mondopub.com

Bilingual Educational Consultant: Mary Cappellini
Designed by Mina Greenstein
Production by The Kids at Our House
Printed in Hong Kong
First Spanish Edition, January 1998
98 99 00 01 02 03 04   9 8 7 6 5 4 3 2 1

ISBN 1-57255-494-0

¿Esto es un monstruo?

No. Es una araña.

¿Esto es un monstruo?

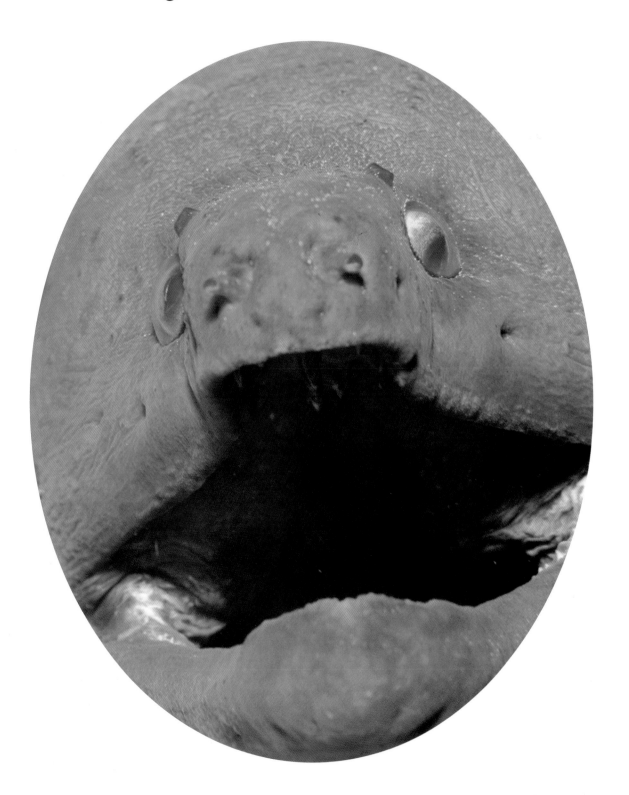

No. Es una anguila morena.

¿Esto es un monstruo?

No. Es una mariposa nocturna.

¿Esto es un monstruo?

No. Es un gecko.

¿Esto es un monstruo?

No. Es un mandril.

¿Esto es un monstruo?

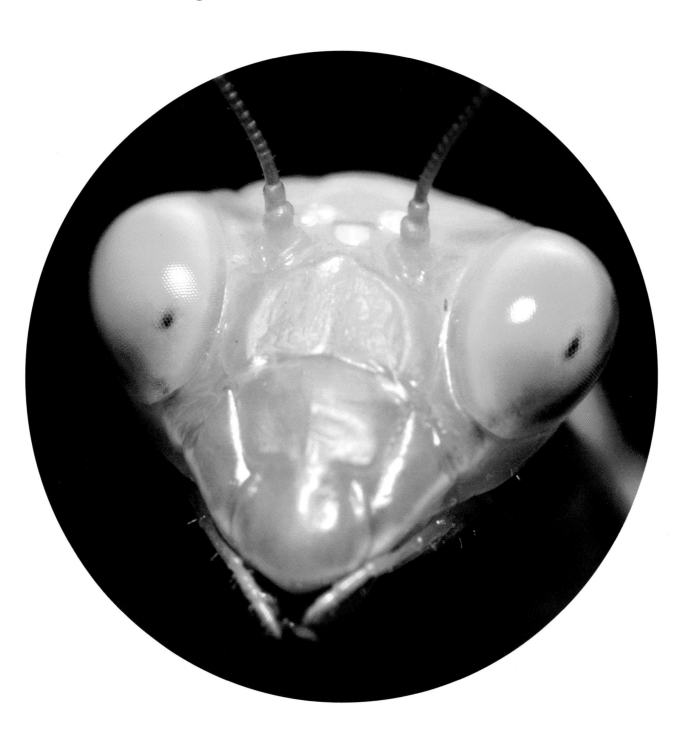

No. Es un predicador.

¿Esto es un monstruo?

No. Es una tortuga.

¿Esto es un monstruo?

No. Es una abeja.

¿Esto es un monstruo?

No. Es un camaleón.

¿Esto es un monstruo?

¡Sí! Es un monstruo de Gila.

SOBRE LOS ANIMALES

ARAÑA PESCADORA
Dónde se encuentra en las zonas tropicales
Tamaño alrededor de 1 pulgada (2-1/2 cm) de largo
Dato interesante se cuelga cabeza abajo y echa su red sobre la presa

ANGUILA MORENA
Dónde se encuentra alrededor de los arrecifes de coral en los mares cálidos tropicales
Tamaño hasta 6 pies (2 m) de largo
Dato interesante tiene dientes largos y afilados pero no es agresiva

MARIPOSA NOCTURNA
Dónde se encuentra en todo el territorio de los Estados Unidos y en el sur del Canadá
Tamaño de 1 a 2 pulgadas (2 a 5 cm) de largo
Dato interesante cuando vuela mueve las alas tan rápido que casi no se ve

GECKO COLA DE HOJA
Dónde se encuentra en Madagascar
Tamaño alrededor de 8 pulgadas (20 cm) de largo
Dato interesante tiene gigantescos ojos saltones y su visión es excelente

MANDRIL (un tipo de mono)
Dónde se encuentra en la selva del África occidental
Tamaño alrededor de 3 pies (1 m) de largo
Dato interesante su bostezo es una forma de demostrar que está enojado

PREDICADOR
Dónde se encuentra en el noreste de los Estados Unidos, en la parte sur del Canadá
Tamaño alrededor de 2-1/4 pulgadas (5-3/4 cm) de largo
Dato interesante cuando descansa, dobla las patas delanteras como si estuviera rezando

TORTUGA CAJA DEL ESTE
Dónde se encuentra en tierra en toda la parte este de Norteamérica
Tamaño hasta 7 pulgadas (17 cm) de largo
Dato interesante puede cerrar la parte de adelante y de atrás de su caparazón para encerrarse adentro

ABEJORRO
Dónde se encuentra en zonas templadas y del norte
Tamaño hasta 1 pulgada (2-1/2 cm) de largo
Dato interesante tiene pelo grueso que lo protege del frío, pero sólo la reina sobrevive el invierno

CAMALEÓN
Dónde se encuentra en África, Madagascar, el sur de Europa, el sur de Asia
Tamaño de 1-1/2 pulgadas a 2 pies (4 a 61 cm) de largo
Dato interesante cambia el color de la piel cuando cambia la temperatura o cuando se ve amenazado

MONSTRUO DE GILA (un tipo de lagarto)
Dónde se encuentra en el desierto del sudoeste de los Estados Unidos, en el norte de México
Tamaño alrededor de 2 pies (61 cm) de largo
Dato interesante uno de sólo dos tipos de lagartos que son venenosos